시간이 지나간 시간

시간이 지나간 시간

이 사 라 시 집

문학동네

자서

나를 낳아준 시간을 기억한다
나를 쓰다듬던 시간을 기억한다
지금은 내가 시간을 낳으려는지
시간을 쓰다듬는 나를
내가 들여다본다
봄과 봄 사이를
침묵과 침묵 사이를
이름과 이름 사이를

2002년 여름

이사라

차례

자서

1부

3부

1부

단풍

그 여자 단풍 드는 여자
어머니
내 속에 서 있는 나무

그 시간 단풍 드는 시간
죽음
내 속에 서 있는 나무

그 입술 단풍 드는 입술
침묵
내 속에 서 있는 나무

그 몸 단풍 드는 몸
詩
내 속에 서 있는 나무

죽을 줄 모르는 죽음으로

살 속의 물과 꿈, 긴 속삭임 다 쏟아내고
내 속에 뼛가루 꽃나무를 꼿꼿하게 세운다

민담

흰 눈 위를 마냥 걸어가고 있는 곰의 뒷모습이 못에 걸려 있습니다. 액자 밖에서 북극이 기다리고 있을 것만 같은 그림 한 장이 가득 상처로 페매어져 퍼즐 조각으로 걸려 있는 빵가게의 오후입니다

통유리창의 반질반질한 빛 속에서 부끄러움도 없이 곰은 그림이 되어버리고, 아기 단군을 품었던 곰여자는 그림에서 지워지고 없습니다. 나의 뱃속은 허기져 나를 빵처럼 부풀리는 몽롱한 오후입니다

말랑말랑한 빵가게의 빵들은 밥알보다 화사하게 웃을 줄 알고 부드럽게 씹힐 줄 아는데, 나는 저 곰을 뱃속에 집어넣고 울고 싶습니다. 빵가게에서 매달아놓은 이국의 깃발들이 흔들리는 바람난 가을 오후입니다

구두와 함께

구두를 신으려고 하면 바닥이 먼저 보여요
바닥이 받쳐주는 구두의 아픈 몸
아무 말 없이
누구든 신고 떠나는 무저항주의자
검은 혀로 생을 맛보는
질긴 고통의 탐식가가
바닥을 한쪽씩 지워가는 동안

나는 쪽배에 얹혀 울면서
탐험을 계속하지요
바라볼 때보다
강은 항상 길었어요
휘청휘청 세상 모서리에 찍히며
밑창이 닳아 없어질 때까지
소리없이 멍이 들면서
모든 것이
낡은 가죽으로 변해갔어요

무수한 잔물결이 파고들어
가슴마저 푹 익은 구두가
수천 켤레 수만 켤레
둥둥 떠다니더니
바닥이 어느 사이 사라져버렸어요

낮잠

나는 이상한 자루 속이지
햇볕 속에서
햇볕의 중량을 사라지게 하고

나는 이상한 시간 속이지
황혼이 되어도
등뒤에 긴 그림자는 안 생기고
익사한 그림자가 흐르는 하얀 강

나는 이상한 웃음이지
짧게 혹은 길게 소리내어 웃어도
소리는 안 움직이고

무의미하지도 않으면서

나비 따라 훨훨 다니다
생의 동공 속으로 다시 기어들어가지

활짝!

내과를 찾아가다

유리창이 투명한 저 집
길 건너편에 새로 생긴 내과 병원입니다
사람들이 계속 드나드는군요
몸이 무기라는 것을 잊어버린 사람들에게
몸이 제가 말할 것이 있다는군요
몸이 그를 버릴 수가 없었던 게지요

나도 내과에 들어서서
몸과 함께 보낸 생을 반성합니다
내가 폭발할 때마다 몸은 파편을 군데군데 박아
저 혼자 기념하기도 했던 모양입니다
소화불량의 시간들과 콜록이던 세월들은
어디에 묻어두고 있을까요
희망의 세포들은 어디쯤에서 태어나고 있을까요
대기석에 고개 숙이고 앉아
몸을 감고 기어오르는 추억을
삭정이 떨구듯 털어내려 하지만

우리 몸의 혈관 길이가 99,800km가 된다니
어느 밤낮이 조용하였겠습니까

말없이 나를 응시하는
내과 의사는 위대합니다
두 동강 세 동강 생이 쪼개지다가도
그가 비춰주는 투명창에
한번쯤 이렇게 나를 맡기면
모든 것이 용서됩니다
어찌나 많은 미물들이 나를 뜯어먹고 살았는지
삶이 공포 필름으로 돌변하면서 도톨도톨 소름이 돋지만
그래도 생은 그런 꽃으로 피는 것이 아니겠습니까

조금 높은 곳은 푸르다

나는 조금 높은 곳으로 간다
내가 사는 데서 조금 높은 곳은 푸르다

뒷산에서 쉬고 있던 무덤 하나가 누군가 오는 소리를 듣고
둥글고 아늑한 바람을 보내주며
조금 높은 곳에서 같이 바람이 되자고 한다
풀 같은 꿈들이 누워버리기 전에
조금 높은 곳에서

마음을 놓고 있으니
내 어둠 속에 웅크리고 있는 무덤들이 몸을 일으킨다
관을 깨고 나를 만나러 오는 낯익은 상처들과 모처럼 웃는다

멀리서 조금 멀리서는
세상 꼭대기까지 올라가려던 스모그
황혼처럼 흔들리다가 어느새 무너져버린다

죽은 듯이 눈을 감고
조금 높은 곳으로 나를 한 번 더 옮긴다

젖이 퉁퉁 불은 무덤이 뒷산에 있다

어머니

겨울이 다 지나갔을까?
빙판에 다리 부러져 누운 시계
그 시계
이제는 말할 수 있답니다
죽을 만큼 힘은 들었어도 마침내
빙하기를 건너왔다고
흥얼흥얼 노래처럼 말하지요

어머니
수십만 년 얼음 깨고
째각째각 몸을 부수면서 걸어나오네요
아, 환해라
지붕이 무너지니까
눈이 부시네
어머니 이마가 상처로 눈이 부시네요

누가 잔뜩 세상을 싣고 지나가네요

거울 속에도 가득한 세상을

이제 막 봉우리 맺는 꽃잎의 속살이 훤히 보이고
꼬마 시간들 마구 뛰쳐나오려는 것도 보여요
어머니의 발꿈치를 물고서

수직 골목

나, 오늘도 수직 골목으로 들어가요
당신, 내 뒷모습마냥 짧을 수밖에 없는 것처럼
당신들, 그래요 당신들 역시 그림자 남길 한순간도 누릴
수 없어요
나, 21층이나 15층
당신, 22층이나 9층
당신들, 11층이나 4층
골목은 디지털 골목인데

서서히 사라지거나 서서히 나타나고 싶은
동네 한가운데를 가로지르는 키 작은 길은
수직 골목의 벽 그림일 뿐인데

나, 딱딱히 굳은 네모난 물 한 바가지죠
누구에게도 쉽게 나를 쏟아붓지 못하고
혼자서 굳어가지요
당신, 나마냥 대지의 주머니인 둥근 우물 속으로 들어가

는 것이 아닌 줄
　잘 아는 자동장치들이어서
　태생적으로 몸 감추는 법을 알고 있나요?

　골목 문이 여닫히고
　21층에서 12층에서 내려오는 동안
　거의 아무도 만나지 못하는 나날이죠
　굴뚝을 달리는
　굴뚝 연기 같은 나를
　굴뚝 연기 같은 그들이
　알아챌 수 없으니까요

　그러니 나, 굴뚝으로 오르내리는 다락방의 천사이거나
　B1 B2 B3 지하동굴의 순교자랍니다
　실체 없는 2106
　6012 독방 수인(囚人)
　한때는 타박타박 수평 골목 출신이었죠

길을 넓혔다가 접었다가 늘렸다가 줄였다가
뻥튀기했다가 콩알만하게 가슴이 콩알만하게
살고 싶었던 골목의 속살들, 기억나요

어제처럼
수직 제국이 폭삭 사라졌거나 또 사라지는 그날들이
중동의 사막 전투처럼 허허로울 때
가슴속에 지뢰를 품고 평화로운 골목을 오르내렸지요
평화 골목에는 평화 사막이 있고
수직이 자연스러운 인간의 무서운 후예의 후예가 살고 있
지요

분화구

분화구 속을 들여다보던 사람들이
갑자기 하나둘 사라졌네
어리둥절하는 사이
한없이 나도 끌려들어갔네
무엇인가에 낚아채여
목구멍 속으로 끝도 없이 갔네

도르르 말렸던 혀가 나를 풀어놓는
부드러운 바다
혀의 뿌리가 살아 있는 바다의 흡인
단 한 번의 사랑이 재가 된 뒤에도
바다는 살아남아 있었네

몸을 뚫고 터져나온 혀의 파편들은
낯선 곳에서
풍화되고 있지만
한때는 부글부글

붉은 혀들이 마음껏 방황하였으리
폭발 직전까지 망설였을 말들이
이제 들릴 것만 같네

시간이 휘젓고 간 심연 속에서
어디선가 억새풀 소리를 내는 이상한 신음 소리
말의 화석들이 깨어나는 소리
내 몸 안을 저벅저벅 돌아다니네

언젠가 한 번 터진 말을 오늘도 끌어올리는
목구멍이여
우리의 천연기념물이
몇천 년 뒤 다시 살아날 말을 끌어올리려 하고
그때 내 입이 벌어지네
나는 입 밖으로 말을 하기 시작하네
말—하지 않으면 안 된다—는 말을 시작하네
태초의 말의 뿌리들 자라고

햇빛에 닿아 수목처럼 커다랗게 짙푸르게

분화구를 덮네

내공

수족관이 한 세상인 열대어
상가 한쪽 벽면을 장식하며 늙어간다

그는 이제 막 잠에서 깨어나
잠의 기억을 비늘 틈에 묻어두고
두리번두리번 하루를 시작한다

유리관은 차갑고 미끄러운 가상현실이야
그는 머리를 쿵쿵 부딪치며 생각한다
퇴로가 막힌 꼬리로는 꾸준히 물을 가르며
한 세상을 소리도 못 내고
뻐끔거린다

돌아갈 길 없어도
열대의 회상
비늘 틈에서 날마다 단단해진다

수족관 밖의 날이 추워질수록
유리관 얼음은 두꺼워지고
얼음을 박차고 나올 순 없어도
그의 비늘은 다른 비늘을 불러들여
저의 것으로 키워간다

내부순환도로를 받치고 있는 콘크리트 다리만 보이는
낡은 상가 어두운 한구석
상가 사람들이 즐겁게 그를 들여다보는 눈을
그도 들여다본다 ─그가 그들을 뚫어지게
바라본다

눈길 간다

여기 누워 있는 이 무늬 참 좋죠?
파도의 마지막 자락과 모래사장이 만나서 만든 상형문자
참 좋죠?
하늘과 땅 사이 그 절벽에 새겨진 마애삼존불의 미소
모든 끝물
참 달죠?
모든 문지방
인간
참 끌리죠?
대웅전과 명부전 사잇길
참 으시시 솜털 돋죠?
陋屋과 기념관 사이의 시간
참 살 만하죠?
우물과 호주머니, 갯벌, 톨게이트, 結露 현상, 유리창
이 모든, 사이의 것들
부드러운 경계들
이름이 없어지지 않고 이름이 더 두드러지고야 마는 것들

참 좋죠?

나는 당신과 인연으로

참, 웃을 수도 울 수도 없이 좋네요!

굴뚝과 닭

겨울, 닭이 알을 낳지 않는다
겨울, 퀭한 눈만 남은 닭들이 트럭에 실린다
광란의 고속도로
트럭 철창 사이로 깃털들 다 빠져나가고
맨몸의 닭들은 새로운 닭의 나라에 도착한다

잠결에도
群鷄는 一鶴을 꿈꾸지 않고
치킨하우스에서
마침내
닭들은
납짝 엎드려서 납 같은 세상을 껴안는다

무정란의 삶이
하늘을 쪼는
봄,
다시 봄,

한구석에서는

포동포동하게 살이 오르는 복제 닭이 짧게 운다

낡은 몸, 따듯한 말

누구나 때가 되면
몸이 낡아간다 — 헐렁해진 모오오옴은
母音
저 혼자 고요히 말하기 시작하는
옹알이 소리, 옹알
어머니의 말은 내 몸에서 편안하다

한동안 나를 담아들고서 활개치던 낡은 가방
버려지지도 못하고 쑤셔박혀 있다
다행히 길 위에서 발견되지 않고
지하세계
저 구석에 매달려 있는 거미집 속에서
혼자 저렇게 말들을 쏟고도
끝까지 남는 말

꺼낼 것 다 꺼낸 자궁
입구 벌려진 낡은 가방 틈새로

어머니도 나도 빠져나가 어디서도
찾을 수 없다, 몸만 낡은 채
몸 입구에서 태아처럼 거꾸로 서서
고속의 사이버 스페이스 속으로
쉴새없이 재채기한다
나를 꺼내고
컴컴한 공간을 무자비하게
찌르지만
한바탕 휘돌고 뒤집힌 자리에
멍멍한 부유 물질만 고요히 날아다닌다

낡은 몸 더 낡아간다
母音 더 따뜻해진다

책 읽기

책을 읽습니다
방 안이 고요해지고
고요의 심장 속에서 책이 무럭무럭 자랍니다
책이 나를 쳐다보더니
이제는 책이 나를 읽는군요
책이 나의 행간에 끼어들어
책에게 나를 들키고 마네요
책은 이미 나를 만들었고
책이 나에게 주었던 것들을
나는 다시 읽도록 내버려둡니다

그러나 다시 읽는 고전은 고통스런 전투
활자는 성곽처럼 가지런하기만 한데
읽어내려갈수록
미간에 패는 굵은 옛 기억이 고요를 무너뜨립니다

책이 점점 미쳐갑니다

책이 나를 접었다 폈다 하기 시작하면서
나는 다른 세상으로 끌려갑니다
광기의 세상에서는
휘두르는 긴 칼밖에는 안 보입니다
붉은 사과가, 구름이, 집이,
성당이, 주유소가, 천년이, 사람들이
책 밖 낯선 곳으로 던져집니다
나는
오늘 저녁에도
책 밖으로 폐기되는 사물과 사람들이
방 안에 가득 봉분을 만든다는 것을 알지요

그런데
책 밖에서는 내가 여전히 책을 읽고 있네요
바람 한 점 누울 자리 없이 꽉 찬
침묵이 소리를 내네요

피뢰침 한 그루

장마비가 잠시 그친 오후
땡볕이 생각을 삼켜요
마음을 삼키고
마음을 놓친 내가 이중창문을 열었죠
맞은편은 낡은 고층 건물
늘 시끄러운 간판들을 식구 삼아 북적대는 잔칫집 같죠
그런데 옥상보다 더 높게 피뢰침 한 그루 홀로 심어져 있
네요
가장 높은 곳에서 땡볕들을 굽어보며
아주 편안한 자세로 서 있네요
오랜 시간 동안
우연히 내 눈에 걸려든 저 나무를 나는 보았죠
오랜 시간 동안
나무인 줄 알고 작은 새 한 마리 가지에 앉고
뒤쫓아온 두 마리의 새, 세 마리의 새
가족처럼 살을 맞대고
둥지 틀고 새끼 낳을 듯이

저 옥상을 빛내네요

눈길 주는 눈이 많지 않을 곳에서도

홀로 빛나는 나무가 있었던 거죠

번개 같은 세상도 한 입에 삼켜버리는 쇠나무 한 그루의

가슴팍을 나는 보았죠

품속에서 모든 것이 사는군요

번쩍, 정신이 드네요

이촌역, 눈 내리는

옛날을 배경으로 찍은 옛날 사진 속에서
옛날의 눈이 살아날 수는 없지만
눈 내리는 외딴 마을로 가는 조그만 역을 화면으로 볼 때
옛날의 눈은 내린다

역이 품고 있는 마을 속
웅크린 어두운 방 안의 벽에서
도회의 갓난 손주들이 두서없이 액자를 빛낼 때
옛날의 사진은 더듬더듬 촉감이 살아난다

눈 내리지 않아도 촌마을 풍경이란
하얀 쌀알들이 살 비비는 것처럼 포근하다면서
나는 기적 소리처럼 드문드문 기억을 새긴다

서울이 폭설에 갇히고
이촌역에도 끝 모를 눈이 내리는 날
지상으로 올라오니

생과 주검처럼 二村이 얽혀 뒹구는
아파트들 위에 눈이 내리고
곧 옛날이 되어 옛날 사진으로 표본되어
벽에 걸릴 내가 오늘은 눈더미에 빠진다

이런 기억도 사랑이라네

다시 봄날이 지나고 흰 눈도 녹고
풀이 나무가 되기도 했던 기적 같은 시간들도 떠나가고
그럴 즈음이었다네
담장을 쓰다듬는 햇살 속
소곤거리며 기어오르는 넝쿨순을 기억하며
낡은 집은 더 낡아갔다네
나의 벽이 드러나는 집 한 채
오똑 벗은 시간의 몸을
나는 모르는 척했다네
벽이 흐물흐물해질 무렵
떠나가는 시간들이 드리우는 음영이 긴 철골 기둥 하나가
슬그머니 나의 허리께를 뚫고 들어와
빈 몸에 내벽 세우는 걸 물끄러미 바라보며
내심 딴청 부렸다네
돌아올 시간도 아니었지만
그래도
다시 봄날이 회생하고

또다시 흰 눈이 쌓이고
내벽과 나의 벽이 사랑을 나누어 가진 것을
기억할 수 있다네
그가 나를 밀어내기 전까지
나의 몸이 거울 밖으로 쏟아져 한줌 파편들이 될 때까지
함께한 날들이 사랑이었다고
기억할 수 있다네
나 또한 우연하게라도 우리들이 지녔던 사랑의 힘을
부인하지 않으려 하네
녹슨 못들이 남기고 떠난 녹슨 무늬의 추억이지만
언제라도 나를 쫑긋 세울 수 있어
조금 더 조금만 더
어느 날 촛농처럼 흘러내릴 때까지
이런 기억도 사랑이라네

성묘

공원묘지 가는 길에 구절초 한 세상
살아서 만나본 적 없는 사람들이
둥근 세상을 먼저 만들고
우리에게는 봉분을 건네주는데
손으로 받아서는 안 될 것 같은
따듯한 햇살 한 줄기 흘러들어
나를 키우네
누군지 모르는 그를 사랑하라거나
이름뿐인 그대를 섬기라는 눈빛도 아닌데
가다 말고 돌아보는 저 세상에서의 속삭임을
나는 듣네
공원묘지 가는 길에 구절초 같은
생각 한 세상
살아서도 만날 것만 같은 둥근 세상
가을볕을 함께 걷네

시간

태초에는 시간이 진흙 덩어리였다

다음날은 시간이 두부판에 내려앉은 네모난 두부 모양이

었다

그 다음날은 바둑판처럼 굳어져가는 시간을

신의 아들들인 지상군(地上軍)이

썰기 시작했다

시간이

토막나는

나날이 이어졌다

토막난 시간들이 서로를 엮어 사다리처럼 이어지려고 노

력하다가

포로로 잡히고 말았다

시간이 달아나다가 달아나다가 힐끔거리며

나에게서 당신에게서

자서전을 읽는다

마음 스치고 간 칼날들이 그믐달로 뜬다

일생 땅에 집을 짓지 못하는 칼새의 짧은 다리, 긴 날개
허공에 알을 낳고 허공을 박차고 허공에서 낫을 갈고
허공만이 그의 허파였던

2부

고인돌

가을 들판에 청동기 시대에서 온 새 한 마리
앉아 있다
두 다리가 휘청한 화강암 새 한 마리
곰곰이 생각중이다
어느 시대이건
살다 만 것들이 신화가 되고
끝까지 살아남으려고 한 것들은 돌무덤이 된다고
저 혼자 중얼거린다
그런데 오늘은
끝 모를 노을이 역사의 어깨를 감싸안고
강화도 하점면 부근리 317번 국도변이
둥글게 80톤짜리 새 한 마리를 가슴에 품는다
사람이 사람을 낳으려는 듯이
부근리 사람들이
노란 들꽃을 석관 속에서 자꾸 꺼낸다
오천 년 동안의 침묵
민무늬토기 들꽃이 가을 들판에 가득하다

生家

아픈 새끼들은 밤에 더 크게 운다는데
그런 밤들은 많다는데
새벽이 오면 울음들이 이슬방울처럼 터진다구요?

시인의 生家를 돌아보면서
첫 도배지 속에서라도 시인의 울음을 꺼내고 싶었네
그 어머니의 집에서
그 아버지의 집에서
그리고
외갓집에서
마구간에서
궁궐에서
둥근 알에서
신단수 밑에서

시간의 바닥을 나는 쓰다듬네

낡은 집들이 드디어 웃는다구요?
시간이 다시 집 한 채로 태어났다구요?

시간이 지나간 시간

늦은 밤 마침내 껍질 단단한 은행을 깐다
검은 비닐봉지 속에서
곰팡이에게 반쯤 먹힌 은행의 속살을
조금씩 뜯어낸다
몇 달 동안 선반 위에서
뻣뻣하게 말라가는 저의 주검을 알리려 했는지
내 손톱 끝이 짓무른다
인연의 끝도 모른 채
나는 선반 같은 세상의 밑을 무심히 지나다녔을 뿐이다

그런데 이 한밤
씻기고 뜯기는
저 속살에게 무슨 일이라도 있어야 한다는 건지
버려진 속살 조각들이
수챗구멍 속의 어두운 길을 따라
웅얼웅얼 달려간다

어디서쯤
뿌리 튼튼한 은행나무로
하얀 각질 속에 담겨
다시 태어나려고
이렇게 달려가는지

어떤 밤은
시간이 지나간 시간을 씻으면서
맑아지고 싶다

한없이 느리게 돌아가는 시계

다락방 한구석에서 오래된 책장이 낡을 줄도 모르고 있다. 책장 하나 남기고 사라진 아버지, 책장 속으로 들어가 나오시지 않는다. 그리운 날들은 책장의 얼룩무늬가 되어가는지 시간만 한 50년 홀로 버틴다 그 여름부터

아버지의 책장 앞에서는 시계도 정신을 놓친다. 그날은 미아리고개도 무너졌다는데, 여름만 되면 나는 식은땀을 쏟으며 낮잠이 이끄는 길로 나를 재우려고 허둥댄다

오! 아버지! 몸 없이 여태껏 사시는 것이 얼마나 어려우세요? 눈이 부신 푸른 빙산을 만나 책장이 부서지면 한걸음에 튀어나오실 수 있겠어요? 어느 날 문득 한밤중에 저 대문을 가만히 두드리며 몰래 저 부르시겠어요? 추석 달 보자, 하시면서요

겨우 낮잠 든 내가 그 낮잠으로부터 나온다. 이상하다 내가 슬그머니 일어나 책장 곁을 돌아다닌다. 갑자기 책장 얼룩으로 흐르는 내가 보인다. 내가 움직이지 않았는데도 그

냥 흐른다. 물고기보다 가볍게 돌아다니던 그 거칠던 날들
의 하늘도 물 속에서 흐르고, 아버지와 만나는 내가 보인다

콩제비꽃이 하얗게 핀 들판에서 나는 운다. 울다 지쳤는
데도 나는 다시 낮잠으로 돌아갈 길을 잃고, 이번에는 호적
에 이름이 살아 계시는 아버지가 우신다

한없이 느리게 돌아가는 시계가 책장 얼룩 속에서 나를 꺼
낼 생각이 도무지 없나보다.

여자를 따라다니는 여우

내게는 한 마리 늙은 여우가
늘 따라다녀
아무 때나 나를 툭툭 치며 젖을 달라 하네
그녀는 아무것도 주지 않으면서
얼룩진 보자기를 들추네
그러면 나는 등이 가려워지네
메마른 눈빛을 쏘아대면서
구백 년 전부터 빨지 못했던
뽀얀 젖을
네가 주렴, 아무렴 네가 주어야지
그러면서 목젖 소리 그렁그렁 짐짓
슬픈 듯이 따라다니네

내게는 한 마리 슬픈 여우가
늘 따라다녀
너도 나처럼 잡아먹힐 때까지만 살아보렴
시간이 낡아가니?

내 몸이 가진 시간이 낡을 뿐이지
하루에도 수백 번
네 뒤를 밟다보면
불쑥 너를 잡아먹고 싶지만, 그래도
그냥 따라다니지
그러면서 측은하게 몸을 웅크리며
내 등 너머로 물러서는
내가 허락해서는 안 되는 여우 하나
달력을 뛰어넘어 휘익 내 앞을 가로막네

나뭇잎 뒤

나뭇잎 하나 툭 떨어지더니
바닥에서 숨죽이고 있네

바람이 이곳 저곳 세상을 훑다가
우연한 죽음 하나 만드는 시간
저도 모르게
한 세상이 끝나야 하는 나뭇잎 같은
죽음은

무너진 담의 벽돌 밑 저 부지런한 개미집을 지나서 오나
붉은 복숭아 속에서 통통하게 살 오르고 있는 저 벌레를
지나서 오나
광고 문자에 깔린 채 터져나오는 저 폐수 거품을 넘어서
오나

그들이 달려오기 전에
점점 뒤틀리고 말라가는 나뭇잎들 가만히 몸을 뒤집네

뒷길에서
그래도 질긴 환상을 만나고 있는지
웃으면서
이곳을 잠깐 동안 흔들고 나서

온통 나뭇잎들
점멸 신호등처럼 깜박깜박거리면서
죽음을 향해 질주하네

그곳, 평사마을

그녀는 모래를 향하여 천천히 걸어내려갔다
시간을 톨게이트에 묶어두고
모래를 향하여

모래밭 끝자락에는 언제나 강이 있다
그리고 거기에 흰 강이 있다는 소문이
해질녘까지 들리는 마을이 있다

수숫대 사이로 난 좁은 길을 지날 때
백로가 가끔씩 흰빛으로 허공을 가르면서
가볍게 강바람을 불러오는 마을 속을
걸어가는 동안
걸음의 두께만큼 발등에 소복하게
새 시간이 내려앉았다
그것을 가만히 내려다보는 그녀의 고요
거기서부터일까
강이 뱀처럼 가늘게 번뜩이며 움직였다

그리고 햇살이 마지막 비늘을 떨구어
강이 비늘을 달고 흐르고 있는 시간을
그녀가 어루만지고 있었다

걷고 있는 그녀에게 어느새 일어난 일이었다

나 또한
깊이를 알 수 없는 강물에서도
끌어올리기만 하면 언제나 낚을 수 있는
기억인 것처럼
바닥에 붙어 있는 시간을
퍼내려고 궁리하고 있는데

바닥 또한 깊은 시간이었다

사막 여행

사막으로 가는 거북
사막거북은 오래 버틸 수 있다
사막식물이 물이 되어 그를 살린다
나도 사막 수족관에서 버틸 대로
버틴다
몸을 둥글게 말아 적을 물리치면서
절대 등껍질을 누이지 않는다
나를 먹여주는 수족관 바닥에
그냥 뻗어버리지 않으려고

사막모래가 수년 전에 내렸던 비를 품고 있어
사막꽃이 피어나듯
몸통에 쩍쩍 붙어 힘으로 솟을 가시를
기다린다
사막의 위험 수위는 넓고 깊다
먹느냐 먹히느냐는 뉴스데스크 위에 차려진
오늘 분량의 지뢰

채식주의자에게는 가벼운 경고만 흘린다
먹이사슬의 수위를 찰랑찰랑 지키는 죽음이
식욕을 감추고
희생자를 찾아
사막물고기를 찾아
유목민처럼 조금씩 방향 잡아 헤쳐나갈 때

등껍질 아래 물을 모으는
질기고 질긴 인간 같은 사막거북과
거북 같은 사막 나그네가
사막 수족관 양끝을 잡아늘인다

자연보호구

내 허리의 푸른 멍은 고독입니다
우리나라의 푸른 멍은 비무장지대입니다
아프리카의 푸른 멍은 동물보호구입니다

지구의를 하나 샀던 어린 날이 있었네
자전이 눈에 보이도록 사선으로 기울어진
척추가 있었네

지구를 떠날 수 없는
지구의가 낡아가고
지구 위가 낡아가는 동안
나는 바람을 떠날 수 없어
부서질 듯한 날개를 맡겨버린 그런 날도 있었네
사랑을 떠날 수 없어
지하동굴의 벽화로 남던 그런 날도 있었네
그래도 기억은 자전하는지
천천히 생을 쓰다듬으며

돌고 있는데

어느 날부터인지 나는
자연보호구로 들어가는 문 앞에 서서
외로운 팻말을 오랫동안 바라보네
스모그에 가려 뚜렷하게 볼 수 없는
작은 이름들의
푸른 발음을 들으려 귀를 쫑긋 세우면서
오랜 시간 고독하게
나를 버려두네

중년 여자

잘 아는 사람들이 그녀의 발목을 묶는다
그녀는 거꾸로 선 원추형의 빌딩이 된다
그녀는 날개 대신 회전문을 달고
바람처럼 사람들이 드나들 적마다
자동적으로 몸을 여닫는다
그녀는 수난시대로 기록되기 시작한다

그녀에게 버림받은 진짜 고통은
마을버스가 닿지 않는 먼 곳에서
오지 않는 그녀를
기다린다

마음속 잡초들이 그녀의 검은
눈동자를 잠식해간 것은 몇십 년 전인지?
뿌연 세상 속의 그녀는 눈물의 길을 놓쳤다
그녀에게
보였던 것마다

층층이 매몰되어 표층에서 지워지고 있다

그녀는 여러 번 화산재를 뒤집어썼고
때때로 외부 침입자가 그녀를 난사하고 떠난 뒤
서서히 스러지는
문명이 되어간다

누구든 고대 도시처럼 불현듯
그녀를 발굴할 수도 있을지?

花冠

마른 잔디 빈터에서 몸 젖히며 깔깔 웃는 아이들이
벗어버린 신발을
한바탕 바람이 신고 춤춘 자리에
섬 몇 개 떠오르듯
노란 꽃 작은 이빨들 솟아오르네
숨죽이며
물처럼 가스처럼 관에 실려
지하에서 지하로 달리던
봄이 솟구치네

푸른 하늘 아래에서
우리가 서로 얼굴도 모르고
바리케이트 세워지는 깊은 밤을
거품처럼 부글거릴 때에도

花冠 하나, 봄의 집에 드러누워
저 혼자 꽃잎으로 덮네

관계

붉은 무덤 앞에서 나는 목을 떨군다
작은 나무들이 서 있고 비문이 서 있고
생이 서 있는 나는
상큼하게 발꿈치를 들 수도 있는 나는
누워 있는 시간을
누르고 있는 시간을 보고 있다
다 도망간 시간을
아무도 세울 수 없는 시간을
황혼에 싸여 말랑말랑한 시간을
눈물에 비춰가며
보고 있다

만화경 속에서 저렇게 반짝이는 생의 입자들!

곡부*에 갔을 때

겨울비가 달려드는 곡부의 거리로 들어갔습니다
질펀한 비포장도로가 길게 이어지고
돼지고기를 추에 달아 파는 노점상들
근근이 역사를 견디고 있었습니다
공묘*와 공부*가 울울한데
곡부에 들어서면서부터 고택들이 즐비하여
그만 시간을 놓치고 말았습니다
유독 차창 왼쪽의 낡은 건물이 몹시 궁금해졌습니다
나고 자란 곳이 중국이라는 안내인이
그것은 현실의 사람이 지은 것이라고 대답하였습니다
그 순간 갑작스럽게
옛날 사람들이 비현실의 사람이 되어버리는 순간을
때마침 낙뢰와 함께 겪게 되었습니다
그리고 비바람 속에서
고통이 멎은 지 오래된 돼지고기가 허공에 매달린 채로
춤을 추는 동안
현실의 사람인 내가 차 속에서 휘청대는 동안

그 사이에도 시간은 흐르고 있었습니다.

공자가 나를 흔들어 깨우기까지 공림*을 향해 가면서

비는 여전히 쏟아지고 있었지만

비현실의 역사를 새롭게, 즐겁게 시작하게 되었습니다.

* 곡부(曲阜) : 중국에 있는 공자의 고향.
* 공묘(孔廟) : 공자를 모신 사당.
* 공부(孔府) : 공자 자손의 집.
* 공림(孔林) : 공가(孔家) 역대의 묘소.

황혼기념일

그는 그 여자의 황혼이었네

그녀의 주먹 쥔 손이 풀리고
그녀의 눈에서 슬며시 놓아버린 눈물인
저녁놀
빛나면서 쏟아지기 시작하고
그녀는 황홀경에 젖어 세상을 뒤돌아보네
키 낮은 연기가 올라가는 굴뚝과
밤이슬 내려앉는 가로등 사이에서
글썽거리던 욕망의 상자를 몰래 버리고

그녀가 폭발하는 해를 따라가네

그녀를 위해 그녀를 따라온 그림자들
저기 저 붉은 열광의 황혼축구장으로 몰려가네
서로 미칠 듯이 끌어당기던 눈 속의 붉은 물을
한 방 날려보내는 그 광활한 잠수

황혼 속은 젖은 채로 아늑하네

4월

봄을 못 견디는 산이
자주 불에 탄다

한때 날마다
매캐한 재채기 소리 남기고
구급차에 실려가던 봄
해질녘 공터 옆에서
목련 하얀 얼굴이
속엣말을 걸던 영혼들

4월의 가슴을 훑고 간 뒤끝
새순이 돋아나고
나무들이 솟구치는데

몸을 풀어버려
보지도 듣지도 않고 지나친
4월의 우울 때문에

지금의 이 자리를 찾아와서
추억의 벌레들이 나를 갉아먹기 시작한
下棺의 순간에
두 눈을 쉽게 감지 못하고
이렇게 부드러운 흙이 덮이는 순간에도
내 딱딱한 껍질이 부숴지지 않는다

목련 꽃잎이 눈물 글썽이며
썩어가지도 않는 육신 위로 밤새 쏟아진다

골목 안은 늘 붉다

휴가 나온 아들들이
어둠을 뚫고 들어온 열차 속에서 쏟아져나온다
가족들이 일시에 몰려든다

그들이 사라지고
나는 용산역 계단에 앉아 가족공원 방향을 바라본다
가설된 우리 고장 특선농산물 코너를 지나고
군속 연금매장을 지나고 중고품 물물교환 센터를 지나고
감자탕 끓는 솥단지들을 지나면, 역전의 두번째 골목이다
골목 안은 늘 붉다

생이 덜컹, 급정거할 때마다
창백한 소녀들이 붉은 유리창에 부딪히는 소리가 들린다
발바닥이 붕 뜨기 시작한 소녀들이 날아다니는 골목 안
나방에 매달린 소녀들의 허리가 심하게 물어뜯겨
역전 바닥이 핏빛인 골목 안

소녀들은 꿈속 바닥까지 미끄러진 시간들을
두꺼운 얼음잠, 저 속에 묻어둔 것인가?
날이 추워질수록 얼음은 두꺼워지는데
얼음을 박차고 나올 순 없어도
너무도 미끄러워 아! 미끄러워서 전복되는
얼음의 중심을 타고
그녀들이 훨훨 올라올 수 있다면
나는 역의 계단에서 일어나 가볍게 가족공원을 향해 걸어
갈 수 있다

노을

한 뼘 두 뼘 하늘이 시간을 넓혀가는데

땅에 몸을 묶은 엉겅퀴들 바퀴 달고
동굴 찾아 사라지는데

하늘이 내려앉는 창 밖을
아름다운 죽음이라며
누가 보고 있다구?

팽팽하게 프라이된
달걀 노른자
저녁 식탁에 깔려
날카로운 비명을 지른다
시간이 터져나온다
재빨리 나는 포크와 나이프로
시간을 조각낸다.
그럴 수 있다는 듯이

하루가 흩어지며
나를 쏘아본다

멍청하게도 나는
이맘때면
신의 탄력에 대응한다

히로시마, 젖은 평화

히로시마를 생각하면
원폭이 박제한 평화보다
알랭 레네의 1959년 〈히로시마 내 사랑〉이 먼저 떠오르는
시네마 족
같은 통증이라도 아련한 것이 오래 남는다는데
나가사끼에는 나비부인이 철 지난 항구처럼 살았다는데
히로시마를 생각하면
꿈속에서만 공중폭발하는 히로시마의 식민지
후예 하나가
활주로를 밤마다 닦아 적군기 꽂고
날아가는 시뮬레이션

그런데 지금 히로시마, 나가사끼에는
공원으로 다듬어놓은 역사만 있고
구름 속에 숨은 상처무늬의 나비떼들
한 마리도 모습을 드러내지 않는다

빗방울이 영화 기법처럼 뿌려지는 오후
평화기념공원의 평화가 젖는데
평 — 화 —
불러보면 길게 늘어지는
벤치 같은 적막이 설치해놓은 쥐덫의 세상
어느 영혼이든지 질질 끌려다니는데
이름조차 태워진 영혼들
기념공원의 저 끝 응달진 곳
등 돌려진 무궁화 비석 가랑비에
젖고 있다
흠뻑 젖은 고양이의 길게 늘어진 허리가 그 기념비를 넘다
걸려 나뒹구는
잿물 먹은 평화가
떠나는 망각들에게 허리 굽혀 몇 번이고 절을 한다
살펴가라고
지독히 사랑했노라고

채송화

키 작은 여자들이
육질이 붉은 사랑을 하며
떠드는 창 밖의 교실
잘 익은 여자들이
칠이 벗겨진 칠판 대신
잘 차려진 밥상을 받아드는 한낮
꿈틀꿈틀 사랑을 키워올리는
마음이 붉어라

"너의 사랑이 슬퍼지면 사랑을 얼리렴
상온에 방치하면
추억이 젖어
썩은 사랑을 만지작거릴 뿐이지
급속급랭은 언제나 희망이 있으리니
그 사랑 죽어
섬찟한 풀끝으로 다시 태어나도
미라 되어 누워버린

너의 생활이 흔들리리니
슬픈 사랑은 적당히 말고
아프게 말고 급히 얼리렴"

조그만 상처가 전부인 키 작은 여자들이
언제든 돌아갈 길 보이는 여자들이
빚도 아주 조금 있을 뿐인 여자들이
마춰가 잘 안 될 것 같은 여자들이
신도 차마 안 건드리시는 여자들이
마당 한구석
좁지 않은 마음을 누비는 저 발바닥
까매서 이쁘네!

유리상자를 위하여

내가 나를 묶는다네
유리상자를 위하여

나를 들여다보는 사람들은 말하네
그래, 어쩜, 저렇게,
꼭 맞을 줄 알았어

여기 인형왕국의 조종사들은
항로 따위에는 무관심하네
이름도 없이 눈도 없이
옹기종기 모여살면서
서로의 텅 빈 머릿속에
자기가 만든 솜뭉치를 쑤셔넣네

몇천 년이나 되었을까
몇억 년은 아닐까
날마다 환상이 펼쳐지는 낙원에서

봄날의 씨앗들이
대롱대롱 아이들을 매달고
영혼까지 터뜨리는 폭죽의 나날들은
한 여자의 자동 자궁을 축복하네

내 얼굴을 찢고 한 사람이 들어서고
내 팔을 부러뜨리고 자신의 팔을 꿰매 달고
나를 먹이 삼아 한 입씩 나누어 베어물고
배시시 웃는 인형 식구들

그렇게, 어쩔 수 없이
또하나의 인형왕국을 세운
여왕이
유리상자 속에서
자유자재로 포즈를 잡고 있네

그녀, 그녀들

씨방 속에 모진 기억 숨기고
열꽃처럼 터지는 이름, 그녀로 살면서
한 세상
그녀는 그림자만 쌓다가
헐겁게 빠져버린다
한 무더기의 녹슨 나사못이
텅 빈 씨방 속으로 다시 찾아든다

3부

카타콤베 2

한 무더기의 비늘을 뒤따르는 또 한 무더기의 비늘이
몸통 없이 출입하는
이 구멍

어머니의 소금창고에서 몇천 년 살았더니
어머니보다도
구멍 속 어둠이 나를 돌본다

따듯하고 뭉클한 진흙 덩어리의
나날들
소리없이
가슴에서 뭉칠 때

한순간의 생이 건드리는 나의 고통만큼
지금껏 죽지도 못한 뼈들이
반가워하며
나를 툭툭 친다

카타콤베 1

도무지 창 밖이 보이지 않는다

아마도 창의 저쪽
흠뻑 비에 젖어 있나보다

아마도
삶의 가지가지에
물방울처럼 우리들 매달려 있다가
잎 하나하나의 눈물 방울로 바뀌면서
이 세상을 벗어나고 있나보다

아마도
밟히는 잎 속에서 누군가 또 나무 하나 세우고 있나보다

아마도
어디선가 손금처럼 생긴 소금나무 하나 자라는가보다

아마도

땅속에서도 썩지 않는 거울나무 같은 미라 하나 일어서나

보다

책

길고 긴 밤, 참지 못하고
읽던 책을 휙 던집니다
저 구석에 떨어져 네 발 달린 짐승처럼 울부짖습니다
엄청난 혀들이 말보다 먼저 움직이고 있습니다
저 어둠의 행간에서 언제쯤 통통 튀어나올 수 있을는지요

펄럭 한 장이, 또 펄럭 한 장이
바스러지는 가랑잎들로 변하고 마는군요
사방이
가르랑 가르랑 노랫말 없는 악보 같은
밤입니다

기억도 못 할 어느 때부터일까요?
입구가 막힌 지하묘지에 갇혀
책과 밤이 허공을 떠다닙니다

내가 디뎌야 할 바닥이 저 멀리 도망가는 것이 보이고

저렇게 높은 곳에서는 새벽이 홀로 빛이 됩니다
눈을 비비고 보면 어느새
눈썹에 매달린 커다란 활자들뿐입니다

볼 수 없는 세상은 무덤입니다
그래도 무덤을 가슴에 달아 젖무덤으로 커가는
나날들의 삶 속에서
나의 밤들이 별 가까이 떠 있는 것을 가끔 봅니다

도서관에서

도서관에서 팔을 괴고 앉아
무심히 눈길을 보냈더니
책 한 권이 뒤집혀 꽂혀 있다가 나를 봅니다

두 팔로 가슴을 꽉 움켜쥐고 있는 그 책이
반듯한 책 두 권과 나란히 서서
고개를 조금 빼고 나를 힐끔 봅니다

그 칸의 책 세 권이 책 네 권이
신기하다는 듯이 함께 나를 봅니다
나는 서둘러 눈을 감습니다
제자리에서

출입구가 열리고 닫히는 바람에
한여름의 바람이 쏟아지고
그들이 한 켠에서부터 우르르 쓰러지면서
갈피갈피

갈비뼈를 다치기 시작합니다

내 손이 그들을 더듬거리고 있을 때
책 한 권이
스스로 훨훨 타오릅니다
굴욕이 진시황을 넘어뜨릴 때까지?

무시무시한 여름, 책이 불타는
방에서 혼령과 싸웁니다

저 멀리서
물끄러미 천하를 내려보다가 올림포스 신들이
신음하면서 발길을 돌립니다

저녁에 코끼리 울음소리 들린다

뿔
뿔
흩어지는 뿔이여
뿔이 된 어금니를 뽑히지 않으려는 코끼리
지하철 숙소로 향한다
팔다리 모두 접혀 몸통으로 구르며
하늘로 돌아가는 한 떼의 구름 속을
구름 속을
오! 구름
그가 돌아가는 서울역 1호선에는
인질극에 붙잡혀 혼자 떨어져
신문 갈피에 접혀서 자야 하는 한 떼의 동료가 있고

―우리는 이제 인형극 시대를 막 올린다
그런데 사람들은 다 어딜 갔나?
동물의 왕국처럼 동물들만 누비는 세계
거대한 코끼리를 움직이는 손은 어디 숨어 있나?

희롱하면서 피를 말리면서
코끼리 어금니를 뽑으려는 손-놀림
관객은 역시 코끼리
병든 손은 코끼리를 병들게 하고
전염된 코끼리들을 한 곳에 집합시켜
사살한다
가끔씩 안타까운 죽음도 연기된다
아름다운 어린것들이 헐떡이며 생을 쫓다가
종횡무진 돌격해오는 총구들에게 먹히는 무대에서
오늘 하루를 겨우 버틴 들풀들이
어린것들의 마지막 먹이가 되어주려고 키를 늘일 때
모든 관객은 우우 운다

한 세기 끝의 늦은 밤
긴 터널 입구가 코끼리 울음소리를 삼킨다
그래도 내 귀에는 코끼리 울음소리가 들리고
저녁이면

사람을 찾지 못하고도 잠은 왜 쏟아지나?

순직

소나무와 어린 소나무가 적당한 거리를 두고 서 있는
풀밭
적막해 보여도
등 푸른 풀밭은 나무를 쑥쑥 키운다
잘 보이지는 않지만
세상 속 우리들처럼 나무 뿌리를 얽어가면서
이러쿵저러쿵
그 가슴팍 참 분주한데

잘 발라진 아스팔트길 한 귀퉁이에서
풀밭은 그렇게 헌신하다가
어느덧
폭삭 주저앉으며 말없이 쓰러진다
그 순간마다
나무는 염치없이 쑥쑥 자라나서
탐나는 존재가 된다

서울의 春困記

쩍쩍 삶에 달라붙는다
그렇게 달콤하냐고 묻는 사람도 없는
모든 욕망이 서울이다

귀가 아프도록 바퀴가 구른다
조국은 부도가 났어도
백화점과 아파트에서 쏟아져나오는 거품은
사지 축 늘어진 생을 부추기는지
집 안에서도 바퀴는 구르고
여전히 유모차들은 어린 표범들을 맹렬히 키운다

멈출 줄 모르는 바퀴에 깔려
관절이 욱신거리는 서울
봄에 졸다가
가격파괴 창고에 던져진다
짧은 유효기간이 지나면
봄날의 환청인가 싶을까?

24시간 꺼질 줄 모르는 불빛 속에서
서울의 속살을 헤집으며
부딪치는 소리 산사태 같은
— 휠체어가 즐비한 꿈

잠결에도 들리는 몸통 굴러가는 소리

무서운 책가방

안개 짙은 날입니다
갈 길이 사라진 지도만이 덩그렇게 나를 올려다봅니다
눈앞이 캄캄하지만, 아득하게 몽롱합니다

손때 묻은 책을 덮습니다
아무리 해도 길이 나타나지 않습니다
그래서 또 책을 폅니다

책이 나를 빙빙 돌리는 동안 중심을 벗어난
화살이 자꾸 허공에 꽂힙니다
이제는 안개만이 나의 희망인 듯
안개 속의 불운을 즐깁니다

텅 빈 책가방이 참다못해 다가와
죽었나 하고 나를 흔들어봅니다
나는 안개를 굳세게 붙잡고
그를 밀어냅니다

누에고치처럼
관 속에 누워 있는 나의 안개를
붙들고 벌벌 떱니다

그러나 책가방은 당당하게
장작개비 쪼개듯 나를 쪼개서
어느 사이에
쑤셔넣고 마구 달립니다
텅 빈 책가방 속에서 이리저리 부딪혀
나는 머리가 깨질 듯 아픕니다
이제는 책가방 속의 불운을 즐깁니다

나에게는 사랑하는 안개와
사랑해야 하는 책가방 속의 안개가 있습니다

눈물

사람과 사람 사이에
꽃다발은 없고 스모그가 있다
사람과 사람 사이에
스모그가 있고
TV의 눈물처럼
스모그가 있고
오늘밤의 진한 프로처럼
TV가 눈빛을 발하며

카메라가 깡마른 남자를 비추며 돌아가는데, 햇빛으로 한
대 얻어맞은
카메라는 어둑어둑한 구석을 찾아 그를 끌고 다닌다
그는 119구조대원은 아니지만 누구누구의 생로병사를
위해
주기적인 헌혈과 적금 부을 사이도 없는 장학 사업과
아무아무의 의무까지 도맡아 휴가도 반납하던 사나이
의리 있고 다정한 그가 정리해고당하고 돌아나오던 나트

름 불빛 거리에서
　우연히도 멀리까지 마중 나온 사고와 부딪히고
　죽음이 살짝 비켜가게 되었을 때
　수입된 매혈이 그의 몸을 겨우 살리고
　그의 처자식은 먼 외가로 보내지는 카메라의 원근법
　어느 날은

　나는 옆집의 앙코르 결혼식도
　보면서
　눈물로 TV를 훔쳐가며
　스모그 속을 즐긴다

결혼식

두껍아 두껍아 헌집 줄께
새집 다오

결혼하는 두 사람이 들어간다

눈 감아봐 아무것도 보이지 않을 때
파고 저 높은 곳에서 가물가물 기다리던
뿌리깊은 섬, 그런 사람

말하지 말아봐 누군가 마음 두드리며 새집 줄께
새집 줄께 하는데 누구니? 그런 말

귀 기울여봐 타박타박 들풀 같은 작은 꿈
둘이서 만나 걸어오는 소리
사랑한다, 그런 신비

결혼하는 두 사람이 나간다

두껍아 여우야 뭐 하니 —

밥 먹는다 — 무슨 먹이? —

흙에게

볕이 좋은 날 시민공원으로 자전거를 달립니다
시민공원에는 잘 마른 흙이 많고
조그맣게 살아가는 사람들이 많고 개미들과 모기들이
아직도 작은 몸으로
마음놓고 달립니다
공중을 향해 자전거 바퀴는 흙을 감아올리며
나를 동그랗게 안고
곧 어두워질 세상을 돌아다니도록 내버려둡니다
은빛의 궤도가 별처럼 빛나고,
지상을 얼룩지게 반사하던 날들과
바퀴 날개만큼 가벼웠던 날들이
구르다가 멈추어 서는 세상의 마지막에서
저 흙은 내 몸을 헐어 집을 짓기 시작합니다
내 몸의 피를 좇아 달리던 모기도 흙 속에서 살게 되고
나도 모르게 가끔 죽였을 개미도, 녹슨 자전거 바퀴도
조그맣게 나들이 돗자리에 앉아 웃던 사람들도
먼지투성이 이승을 덮어버리고

그래도 따라오는 기쁨이 있으면 함께 데리고
찾아오는 곳
우리는 모두 다시 만나 다시 삽니다
봄꽃으로 무수히 피어오르는 흙 속에서
그냥 살아 있을 뿐입니다
생의 바퀴를 흙에게 바칩니다

오늘 같은 저녁이 다가오면

손바닥만한 기억의 창문이 보입니다
창문이 끌어당기는 골목은 동대문 밖 동묘를 지나
역사책처럼 휘어져 있습니다
국기가 휘날리는 동회에서 멀리 떨어진 그 골목
생이 무거운 길의 바닥이지만
양 겨드랑이가 서로 마음이 닿을 듯 가까운 길의 바닥입
니다
뚜껑 덮인 우물 속을 두려워하던 나이가
골목 어딘가에 숨어 있다가
오늘 같은 저녁이 다가오면
낡은 옷자락 여미며 쪽문을 나오는 저 여인 앞으로
불쑥 튀어나와 안깁니다
이름을 부르는 그녀 모습을 닮은 시간 속에서
나는 오래도록 서 있다가
날과 함께 어두워집니다
어둠이 내 어깨를 두어 번 두드리며
골목으로 퍼집니다, 향수처럼

코끝이 먼저 반응하는 저녁
어떤 어둠 속에서도 골목은 내 눈 안으로 걸어들어오고
나는 눈꺼풀을 움직여서 그 골목을 뜨겁게 덮습니다

산 속에서 생기는 일

산 속에서 새떼가 튀어나온다
산은 몸이 뚫린다
그리고는 더 할 말 없는 듯
입을 다무는 산 속으로
나도 걸어들어간다
산이 나의 길을 받아들인다
산-길
행복하다면 행복하다
불행하다면 불행하다
누군가를 키우고 있는 몸은
길을 제 속으로 놓고 있는 몸은

언젠가는 살아온 길을 되돌아가리니
산 속에서
빠져나가는 길을 알아챈 새들처럼

遠視

사랑이 익을 대로 익은 날들이지요

세상이 좁다고
펄펄 날던 가을배추가 김칫독 속에서
묵은 냄새로 남는 그런 날들이지요

방 안으로
잠수함이 한 대 지나가는 深海가
고요하고 고요한 그런 날들이지요

마지막 숨가쁜 이야기가 성에처럼 끼어 있는
날들을 그만 접으면
적막이 아주 누워버리는 그런 날들이지요

그러나
사랑이 가까운 사람부터 보이지 않게 하는 건
그가 나인 그런 날들이
사랑을 방생하는 까닭인지요

구천동

햇살 따라다니는 잎사귀가 멈춰 선 오후
나지막한 희망 같은 것도 낮잠을 자고
초등학교란 글자가
폐교 가까운 표정으로
쓰르라미 몸 비비는 소리를 덮어버리는
그곳을 지나갔다

포복자세로 내려오는 폭포 하나
옆구리에 끼고
저녁놀을 천진한 천지 사이에 풀어놓는
계곡 너머
구천동이 구비구비 길을 만들고
그곳에서는 무엇이건 내리꽂히지 않았다

사람들보다 더 웅성거리는 모기들의 입술은
바람에 씻긴 뒤
별들이 잠긴 물을 빨고 있었다

별들도 한 방울씩 투명해지는 몸으로 밤새 잠기는 구천동

그곳에 마음 담그며 지나간 적이 있다

먼 거리의 죽음

죽음
나는 너를 모른다
너로 불리는 죽음들을 알 뿐이다
세계는 넓어 환상여행을 할 수 있지만
수입된 죽음들은 나의 왕국을 점령하고
전염병을 퍼뜨려 중세기 최후처럼 쓰러지게 한다
세계의 구멍은 하나라서 빠져나갈 운명도 하나
0-157 네브라스카産 소는 홀로 울고 싶어도
떼지어 산 너머 바다 너머 우리들을 몰고
리스테리아 모노사이토제니즈
균으로 달콤한 드라이어스社 아이스크림 무덤 속으로 묻
힌다
세균전은 열꽃 핀 소녀의 뺨을 스쳐
허공에서 짧고 장렬한 생을
교환한다
조등이 켜진 옛집 근처 문 앞을 지나며
떨리는 몸을 쓰다듬었듯

삶과 죽음이 서로 끌어당기는
신비의 펑 뚫린 중심 —
먼 거리를 알 뿐이다
그 길 끝까지

휴일 동물

두 눈이 아파온다
채널들은
꿈과 쓰레기의 환승역
휴일의 낮, 시간이 아니라
눈앞에 펼쳐지는 공간이동에 무릎을 꿇는다
어느 순간 몸과 마음 모두
동물의 왕국

햇살 뿌연 거실이 막막한 동공을 방치한 채
누워 뒹굴고
사람의 사막을 통과하려는 듯이
아니, 할 수 있다는 듯이
나는 길 없는 길을 달린다
건기와 우기에 견디기 위해 특별히 고안된 몸통으로
레일 없는 망망제국을 달린다

사막의 가슴속을 고독한 물줄기가 달리는 동안

화면은 점차 배경이 아니라
거친 숨결의 고고학적 발굴,
생이라는 일정한 시야가 동공반사하듯 확장된다
마침내 사막의 제왕, 사자가 등장할 때까지

어느새 노을은 번지고
거실 한 구석도 붉어지는 눈알을 껌벅인다
여느 사람들처럼 얌전히
수컷과 암컷은 짝을 짓고 새끼를 배고
어느 시대나 겪는 그들의 건기와 우기를 지나면서
수놈은 예상대로 떠나고
전쟁에 휩쓸린 모성처럼 홀로 어린것들을 키우고
늙은 엉덩이로 사막의 저 켠으로 사라지는
암사자가 클로즈업되면,
다큐멘터리 길이만큼의 하루는
환승역으로 되돌아올 시각

부숭숭한 눈꺼풀의 사막의 일대기가 거실을 빠져나가고
동물인 나는 저녁 먹이를 무엇으로 할까
사막을 바라보듯 어두운 부엌을 쳐다본다

중랑천변

고개를 좌로 돌리면
낡은 생활을 태우고 다니는 자전거들이
한쪽 어깨를 내려뜨린 채
드문드문 졸고 있는 川邊
몸을 웅크린 일용 잡부들이 겨울 배추포기처럼
군데군데 심어져 있고
아직 얼음장 같은 가슴을 풀 길 없는
천변의 세기말

살다보면
미처 씻을 수 없도록 흘러내리는 눈물이 있고
그것이 죗값이든
용서이든
그들 모두는 범람하게 된다
한때의 폭우로 번번이 무너지는 인생을
중랑천변 사람들이 재건할 수 있다는 듯이
힘껏 돌리는

60년대 흑백 시대의 필름

구청 깃발이 뿌리뽑힐 듯 나부끼는
천변의 겨울풍경 속으로
추위에 곱은 손가락들
천막 주위에서 도시락을 푸는 하루
느린 점심 뒤의 한담은
자본주의가 고용한 이상주의

소걸음처럼 경작하자고
네 귀를 맞잡은 허연 들것에
토사를 운반하면서
그래도 세기말의 오늘
무엇인가를 평정하려 한다

고개를 우로 돌리면
배추처럼 머리를 박고 몇 겹의 몸을 키워내는

중랑천변이 보이지 않는다
시속 120킬로로 올라가는
고층아파트들이 철새처럼 하늘을 쪼아댄다

고통을 굴려 눈사람을 만든다

배고픈 혀가 굴러다닌다
내가 사는 도시가 말을 더듬는다
안전운행에도 死角地帶는 있는데
지나간 생을 마찰시켜 따뜻하게 불 지피던 날들
기억한다
사랑은 사라지고
첨탑 끝에서 죽음과 생이
암수 한 몸으로 하나가 되어
혀를 낼름거리며 오, 이곳으로
밀어넣던 황금빛 팔
쭉–쭉– 팔은 나를 밀어넣었고
쭈욱– 쭈우욱– 나는 밀려갔었다
끝은 없었고 늘 차가웠다

그러나
끊어지려는 탯줄을 한손으로 꽉 붙잡고
고통을 굴려

얼음 덩어리 눈사람을 만들기 위해

나는 다른 한손을

활짝 편다

이 밤 해독하려 하네

한 시대의 밤을 해독하려 하네
읽어낼 것인가
제거할 것인가

제비 한 쌍 낡은 서까래를 훔치고 터를 잡는데

한 사람의 밤을 해독하려 하네
씻겨낼 것인가
벗겨낼 것인가

저녁놀을 날아가는 비행기 한 대의 굉음

말 못 하는 바다 밑을 부술 듯 꽝꽝대는
시추작업 밤새도록
한 떼의 어둠이
붉은 아이들을 연달아 쏟아내네
풋풋 웃으며 꽃씨처럼 살아남은 바이러스

내 몸을 향해 돌진하네
태양처럼 말랑말랑하게

11월의 벽화

11월엔 누군가 가고 오는 마음을 불러
흰 벽에 세운다네
마음이 드디어 두 줄기 긴 눈물을 흘리고
눈물의 길 안으로 들어가는 적막 끝에서
두 개의 뼈가 지상에 집을 세우고
흔들리던 이야기들을 멈추게 한다네
그러면
밤마다 사랑으로 풀어질 수 있는 사슬이
흰 벽에 걸리고
하늘에 사다리를 놓는 영혼이 찾아든다네
산다는 기쁨의 수수께끼를 풀 듯
쌍무지개가
상처를 배경으로
둥글게 걸린다네

11월엔 숲속의 나무들 집처럼 서 있고
11월엔 우리들 두 겹 세 겹 만나고

11월엔 누구나 누군가를 새긴다네

낙엽

사라진 이름들은 침묵으로 불러야 대답한다
침묵이 영정 뒤에 누워서 기다리므로

어느덧
한 사람이 죽었다
두 사람이 죽었다
사람들이 자꾸 따라 죽었다
정답게

사라진 이름들이
침묵으로
한 글자 한 글자
자서전을 써서
길 위에 뿌린다

그 틈바귀에서
구멍 뻥뻥 뚫린 내 이름을
바스락거리며 줍는다

시간의 나뭇잎 뒤에는

정끝별(시인 · 문학평론가)

1. '뼛가루 꽃나무' 한 그루가 서 있네

이사라의 네번째 시집 『시간이 지나간 시간』을 읽는 내내 필자는 죽을 수 있기 위해 글쓰기에 전념한다는 블랑쇼의 말이 떠올랐다. 열매가 씨를 품고 살 듯 작가는 자신의 죽음을 품고 산다. 비단 작가뿐이겠는가. 이사라 시인의 이번 시집에서 집요하게 반복되는 시어들이 바로 죽음, 시간(시계), 기억, 바다, 그리고 침묵과 시(詩)였다. 그는 평안한 소멸을 꿈꾸면서, 시간을 기억하고 그 시간의 바다을 쓰다듬고 침묵하고 그리고 시를 쓰곤 한다. 그러기에, 그에게 시는 죽음이다. 우리 자신을 무로 만들어가는 시간, 그 시간의 바닥에서 말할

수 있는 것은 침묵뿐이다. 부재이고 빈터인 시간의 바닥에서
말해지는 침묵은, 어머니의 말과 같은, 미래의 말이다. 시집
을 읽는 내내 화두 삼아 끙끙거렸던, 시집의 제목이기도 하고
시집을 꿰뚫는 중심 사유이기도 한, "시간이 지나간 시간"과
"죽을 줄 모르는 죽음"을 필자는 이 지점에서 읽은 듯도 하
다. 인간에게 만족한 죽음이 있을까마는, 만족하게 죽을 수
있기 위하여 시를 쓸 수밖에 없는 시인의 존재론적 모순에 대
한 성찰을 담고 있는 이사라 시인의 조용하고 단정한 언어들
은 시간과 죽음과 시쓰기의 심연으로 우리를 인도한다.

지금까지 일관되어온 그의 시세계(이번 시집 이외에도『히
브리인의 마을 앞에서』『미학적 슬픔』『숲속에서 묻는다』를 상
자한 바 있다)의 특징은 예각화된 감각과 언어로 시적 체험
을 우회화하거나 간접화함으로써 시적 대상과 일정한 거리
를 유지하는 데서 찾을 수 있다. 때문에 그의 텍스트들은 표
면적인 진술 밑에 숨겨진 균열들을 함께 바라보고 견주었을
때 텍스트가 말하고 있지 않은 의미를 드러내곤 한다. 이처
럼 객관적인 미학적 거리를 견지해오던 이전 시집들에 비해
이번 시집은 시인의 내면을 밀도 있게 조명해내는 데 많은
노력을 기울이고 있다. 그의 언어들은 세월의 바닥에 파묻
힌 기억과 죽음의 흔적들을 들춰 보고 몸에서부터 발원하는
침묵과 시(詩)의 조건들을 내면화하곤 한다.

그 여자 단풍 드는 여자
어머니
내 속에 서 있는 나무

그 시간 단풍 드는 시간
죽음
내 속에 서 있는 나무

그 입술 단풍 드는 입술
침묵
내 속에 서 있는 나무

그 몸 단풍 드는 몸
詩
내 속에 서 있는 나무

죽을 줄 모르는 죽음으로
살 속의 물과 꿈, 긴 속삭임 다 쏟아내고
내 속에 뼛가루 꽃나무를 꼿꼿하게 세운다
　　　　　　　　　　　—「단풍」전문

모든 서시는 시집을 열면서 읽고, 시집을 덮으면서 다시
한번 읽어야 한다. 그 시집이 표방하는 시정신이 몰려 있기
십상이고, 시인이 좋아하는 작품이거나 객관적으로도 좋은
작품일 확률이 높기 때문이다. 처음 읽었을 때 서시「단풍」
은 군더더기 없이 깔끔한 반복 형식이 인상적이었다. 시집
을 덮으며 다시 읽었을 때 그 직접성에는 서늘한 무게감이
실려왔다. 이 서시 역시 이번 시집을 열고 닫는 수문 역할을
하는데 그 문고리는 바로 네 번에 걸쳐 반복되는 '단풍 들
다'이다. 이 '단풍 들다'는 매 연을 더해가면서 다양한 의미
로 변주하고 있는데, 1연 : 여자(어머니)가 들다, 2연 : 시간
(죽음)이 들다, 3연 : 입술(침묵)이 들다, 4연 : 몸(詩)이 들다
로 요약할 수 있다. 이 네 문장은 이번 시집의 네 기둥을 이
룬다. '드는' 어머니 · 죽음 · 침묵 · 시는 시인 안에 '서 있
는' 나무(들)이다. 이 '드는'과 '서 있는'이라는 술어에는
내맡기고 무릅쓰는, 견디고 버티려는 시인의 자율적 수락
의지가 담겨 있다.

이미지도 없고 과정이나 상황도 없이 덜렁 내던져진 5연
의 "죽을 줄 모르는 죽음"은 어불성설과 자기 모순에 기댄
채 오리무중이다. 문고리는 잡았으되 그 고리가 움직이지
않는다면? 에돌아가는 수밖에. 사실 그의 시에서 이런 모순

어법(oxymoron)은 심심치 않게 발견된다. "시간이 지나간 시간"(「시간이 지나간 시간」)을 비롯해, "햇볕 속에서 / 햇볕의 중량을 사라지게 하"는 자루, "황혼이 되어도 / 등뒤에 긴 그림자는 안 생기"는 시간, "짧게 혹은 길게 소리내어 웃어도 / 소리는 안 움직이"는 웃음(「낮잠」)은 그 대표적 예들이다. 또한 시간(기계)·기억·죽음·바다과 같은 중심 시어들 자체가 양가적 속성을 띠면서 시적 사유나 시의 구조적 차원에서도 드러난다. 인용시에서, "죽을 줄 모르는 죽음"은 '뼛가루 꽃나무'의 이미지로 발현되고 있다. 꽃나무 '뼛가루'는 '꽃가루'를 연상시킨다. 그것들은 날리는 입자들이라는 점에서 공통적이다. 그러나 뼛가루가 죽음과 사멸을 떠올리게 하는 시어라면, 꽃가루는 생명과 생성을 떠올리게 하는 시어이다. 이렇듯 그는 역설적 사유 속에서 삶과 죽음을 통합시킨 후, 시간과 기억과 바닥에 눌러붙어 있는 생(生)과 멸(滅)의 이미지를 동시적으로 구축해내곤 한다. 그렇게 보자면 그의 역설적 사유는 세계인식의 틀이기도 하다.

다시 "죽을 줄 모르는 죽음"으로 돌아가보자. "시간이 지나간 시간"과 마찬가지로 이 구절에서는 시간의 바닥에 고여 있는 침묵과 부재의 미래, 즉 부활과 영원의 의미를 읽을 수 있다. 그러므로 "죽을 줄 모르는 죽음"으로 '살 속의 물과 꿈과 속삭임'을 다 쏟아낸 후 들여다보게 된, 빈 몸 속에 세워진 "뼛가루 꽃나무"야말로 이 사막의 도시 한가운데 시인이 명명하는 세계의 나무 이름인 것이다. 이 나무 안에 '드는' 어머니 · 죽음 · 침묵 · 시는 서로의 꼬리를 문 채 원환(圓環)의 구조를 이루고 있다.

2. '드는' 시간들이 원환을 이루네

이사라 시인은 자신이 살고 있는 이 도시를, 엘리베이터가 집과 집을 이어주는 디지털화된 수직 골목으로 연결된 수직 제국(「수직 골목」)으로 읽어낸다. 피뢰침이 새와 둥지와 새끼들을 키우는 곳, 쇠나무가 한 그루가 되는 곳(「피뢰침 한 그루」), 혹은 지하철과 지하도와 지하층으로 이어지는 카타콤베 등으로 읽어내기도 하며, 등껍질 아래 물을 모으는 사막거북이와 거북이 같은 사막 나그네가 양끝을 잡아늘이는 사막 수족관(「사막 여행」)으로 읽어내기도 한다. 이 죽음의 은유 공간 한가운데서 시인이 붙들고 있는 화두가 바로 시간이다. 시간 자체는 무한하다. 그러나 시간을 의식하는 주체인 인간은 시간 속에서 태어나 죽어야만 한다. 멸(滅)해야만 하는 유한한 존재에 불과하기에 시간의 문제는 인간에게 비극적으로 인식될 수밖에 없다. 우리가 과거를 기억하는 까

닭은 과거로 되돌아가고자 해서가 아니라 과거 속에 이미 새로운 미래의 모습이 있기 때문일 것이다. 그래서일까. 그의 시간은 변화한다. 진흙 덩어리였다가 네모난 두부 모양이었다가, 썰려 토막나 사다리처럼 이어지려다, 포로로 잡히고 달아나다가 힐끔거리기도 한다(「시간」). 정신을 놓치기도 하고 한없이 느리게 돌아가기도 한다(「한없이 느리게 돌아가는 시계」). 누워 있기도 하고 누르고 있기도 하고 도망가기도 하고 아무도 세울 수 없기도 하고 말랑말랑하기도 하다(「관계」). 그리고 그의 시간은 "만화경 속에서 저렇게 반짝이는 생의 입자들!"(「관계」)처럼 변화하기에 치유와 웃음과 부활과 생명력에 관여한다. 사멸과 상실에 닿아 있는 시간의 비극적 운명을 이사라 시인은 이렇듯 역설적인 사유와 절제된 언어 형식을 통해 말갛고 따뜻하게 걸러내곤 한다. 그리하여 풋풋하고 말랑말랑한 생명의 싹을 끄집어내곤 한다. 그런 의미에서 이사라 시인에게 시간은 어머니이다.

겨울이 다 지나갔을까?
빙판에 다리 부러져 누운 시계
그 시계
이제는 말할 수 있답니다
죽을 만큼 힘은 들었어도 마침내

빙하기를 건너왔다고
흥얼흥얼 노래처럼 말하지요

어머니
수십만 년 얼음 깨고
째각째각 몸을 부수면서 걸어나오네요
아, 환해라
지붕이 무너지니까
눈이 부시네
어머니 이마가 상처로 눈이 부시네요

누가 잔뜩 세상을 싣고 지나가네요
거울 속에도 가득한 세상을

이제 막 봉우리 맺는 꽃잎의 속살이 훤히 보이고
꼬마 시간들 마구 뛰쳐나오려는 것도 보여요
어머니의 발꿈치를 물고서

　　　　　　　　　　　　　　　—「어머니」 전문

　겨울, 빙판, 부러지다, 눕다 등의 시어로 지탱되는 겨울
(빙하기)의 이미지가 시간에 대한 비극적인 인식을 드러내

고 있다면, 노래처럼 말하다, 깨다, 부수면서 걸어나오다, 환하다, 부시다 등의 시어로 지탱되는 봄(꽃잎)의 이미지는 시간에 대한 생명적인 인식을 드러내고 있다. 1연의 "다리 부러져 누운 시계"와 2연의 "째깍째깍 몸을 부수면서 걸어나오네요"에 의해 '시간'과 '어머니'는 동일화된다. 그의 시에서 시간은 어머니(여성)이다. 그의 다른 시 「이런 기억도 사랑이라네」에서도, '옛날'로 표상되는 과거의 시간(추억과 기억)이나, '봉분'과 '무덤'으로 표상되는 미래의 시간(회귀, 사멸)들은 모두 "기적 같은 시간"이자 "사랑"이다. 그 "시간의 몸"도 어머니의 육체성을 통해 확인되곤 한다. 「여자를 따라다니는 늙은 여우」에서도 "구백 년 전부터 빨지 못했던 / 뽀얀 젖" "시간이 낡아가니? / 내 몸이 가진 시간이 낡을 뿐이지"와 같이 시간은 여성의 몸과 결합되어 있다. 특히 이번 시집에서 여성적 삶의 조건들을 내면화하고 싸안으려는 여성적(女性的) 정체성에 대한 인식은 쉽게 눈에 띄는 대목이다. 이 부분에 대해서는 「비무장지대에 핀 키 작은 채송화」(『시와시학』 2000년 겨울호)라는 글을 통해 피력한 바 있으니 여기서는 생략한다.

다시 인용시로 돌아가자. 1연의 '노래'처럼 하는 말이나 2연의 환하게 눈부신 '상처'는 생성의 이미지를 환기시킨다. 급기야 시계의 몸과 어머니의 시간은 '꼬마 시간들'을 마구 생산해낸다. 시간이 지닌 생성의 이미지는 겨울을 지나온 "이제 막 봉우리 맺는 꽃잎의 속살"과 오버랩되면서, 어머니의 발꿈치를 물고 마구 뛰쳐나오는 풋풋하고 말랑말랑한 아이들로 형상화되고 있다. 뿐만 아니라 시인이 '시간의 바다'을 쓰다듬을 때 시간은 다시 '집 한 채'로 태어나고(「생가(生家)」), 시인은 "시간이 지나간 시간을 씻으면서 / 맑아지고"(「시간이 지나간 시간」)자 한다. 이처럼 시간은 쓰다듬다·웃는다·태어나다·씻다 등의 모두 몸과 관련된 술어를 동반한 채 재생과 정화의 이미지를 구축하고 있다.

시간이 어머니와 결합하고 있다는 것은, "젖이 퉁퉁 불은 무덤"(「조금 높은 곳은 푸르다」)의 이미지처럼 시간이 이미 죽음을 전제로 하고 있음을 예측 가능케 한다. 이사라 시인에게 시간은 어머니이자 죽음이다.

> 바람이 이곳 저곳 세상을 훑다가
> 우연한 죽음 하나 만드는 시간
> 저도 모르게
> 한 세상이 끝나야 하는 나뭇잎 같은
> 죽음은
>
> 무너진 담의 벽돌 밑 저 부지런한 개미집을 지나서 오나

붉은 복숭아 속에서 통통하게 살 오르고 있는 저 벌레를
지나서 오나
　　광고 문자에 깔린 채 터져 나오는 저 폐수 거품을 넘어서
오나

—「나뭇잎 뒤」 중에서

　　시인은 "죽음을 향해 질주하"는 나뭇잎에서 인간의 존재
론적 상황을 읽어낸다. 시간의 한 귀퉁이에서 맞이하게 되
는 우연한 죽음을, 떨어지는 '나뭇잎'에 비유하면서 말이다.
나뭇잎 뒤, 즉 죽음 뒤에는 시간이 그 배경을 이룬다. 그 배
경은 살아 있는 "부지런한" 개미집에도, "살 오르고 있는"
복숭아 벌레에도, 그리고 죽어가고 있는 "폐수 거품"에도 깔
려 있다. 세계의 배경으로서의 시간은 이렇게 살아 있는 것
과 죽어가는 것들의 몸 안에 똬리를 틀고 있다. 때문에 삶과
죽음은 다른 것이 아니라 죽음은 생명에서 오고 생명은 죽음
에서 온다. "삶과 죽음이 서로 끌어당기는 / 신비의 펑 뚫린
중심"(「먼 거리의 죽음」), "사랑은 사라지고 / 첨탑 끝에서 죽
음과 생이 / 암수 한 몸으로 하나가 되어 / 혀를 낼름거리"
(「고통을 굴려 눈사람을 만든다」)듯 죽음은 삶과 맞물려 있
다. 그러기에 이사라 시인에게 시간은 어머니이고 죽음이
고, 그리고 침묵이다.

시인은 침묵의 말을, 침묵의 거대한 속삭임을 감지하는 자이다. 그 거대한 속삭임 위에서 시의 언어는 이미지가 되면서 열리기 시작하고, 상상의 것이 되고, 말하는 깊이가 되며, 공허하면서도 불분명한 충만함이 된다. 그런 침묵은 시의 언어가 다다르고자 하는 자기 소멸에 그 뿌리를 내리고 있다. 이사라 시에서, 어머니의 몸을 통해서 확인되는 시간은 침묵의 말을 통해서도 확인된다.

　　몸을 뚫고 터져나온 혀의 파편들은
　　낯선 곳에서
　　풍화되고 있지만
　　한때는 부글부글
　　붉은 혀들이 마음껏 방황하였으리
　　폭발 직전까지 망설였을 말들이
　　이제 들릴 것만 같네

　　시간이 휘젓고 간 심연 속에서
　　어디선가 억새풀 소리를 내는 이상한 신음소리
　　말의 화석들이 깨어나는 소리
　　내 몸 안을 저벅저벅 돌아다니네

　　　　　　　　　　　　　　　　—「분화구」 중에서

그의 시에서 '분화구'는 블랙홀과도 같은 '심연'이다. 사람들이 갑자기 하나둘 사라지고, 나도 한없이 끌려가고 낚아채인다. 시간과 어머니와 죽음과 침묵의, 살아 있는 '부드러운 바닥'이기도 하다. 그것은 말이 되기 이전의 소리이고 말들의 죽음이기도 하다. 또 그것은 표현되지 않는 것, 말해지지 않은 것, 이름 짓기와 이데올로기 밖에 머물러 있는 것, 그리고 말할 수 없는 것, 말하지 않고 두어야 할 것 들을 묻어두고 있다. 어머니의 몸(시계)을 뚫고 나왔던 꼬마 시간들처럼, 몸(분화구)을 혀의 파편(말)들이 나온다. 그 분화구 속에서 폭발 직전까지 망설였을 말들이 침묵이고, 바로 "시간이 휘젓고 간 심연 속에서 / 어디선가 억새풀 소리를 내는 이상한 신음 소리 / 말의 화석들이 깨어나는 소리"가 바로 침묵이다. 중요한 것은 그 침묵이 새로운 말(언어)의 가능성을 갖고 있다는 점이다. 그것들은 말과 시의 바탕이자 원료이다. 그러니 침묵은 말과 시의 뿌리이다.

"한 세상을 소리도 못 내고 / 빠끔거리"고(「내공」) "바람 한 점 누울 자리 없이 꽉 찼"(「책 읽기」)을 때, 침묵이 절정에 달하는 순간에 시인의 영혼 속에서는 "침묵이 소리를 내"(「책 읽기」)게 된다. 말이 형성되는 것이다. 그 말의 파장은 크다. 시인이 시를 쓴다는 것은 그 침묵을 파악하고 침묵에서 태어난 말을 자기 것으로 소유한다는 것을 의미한다. 침묵의 분화구가 폭발하면서 시인은 사물을 명명하고 묘사한다. 시란 침묵의 분화구의 폭발이다. 그러기에 이사라 시인에게 시간은 어머니이고 죽음이고 침묵, 그리고 시(詩)이다.

> 누구나 때가 되면
> 몸이 낡아간다 ― 헐렁해진 모오오옴은
> 母音
> 저 혼자 고요히 말하기 시작하는
> 옹알이 소리, 옹알
> 어머니의 말은 내 몸에서 편안하다
>
> (……)
>
> 낡은 몸 더 낡아간다
> 母音 더 따뜻해진다
>
> ―「낡은 몸, 따뜻한 말」 중에서

낡아가고 상처난 몸은, 사랑의 몸이고 시간의 몸이고 죽음의 몸이고 재생의 몸이다. 몸은 곧 모음(말)이다. 모음으로 이뤄진 옹알이, 어머니의 말, 그 모음(母音)은 '내' 몸에

146

서 가장 편안하다. 그 몸은 낡은 가방, 거미집, 자궁으로 변주되는데, 이것들은 앞에서 언급했던 '분화구'의 변형 공간들이기도 하다. 인용 부분에서는 생략되었지만 "혼자 저렇게 말들을 쏟고, 갈가리 / 찢겨도 끝까지 남는 말"도 '분화구 속의 침묵'과 동일선상에 있다. 어쨌든 낡아가고 상처난 몸은, 모음이라는 이름의 어머니 몸이기도 하다. "낡은 몸 더 낡아간다 / 母音 더 따뜻해진다"라는 마지막 구절에는 멸 (滅)과 생(生)이 동시에 진행된다는 역설적 진실이 담겨 있다. 낡아갈수록 따뜻해진다니! 본질적인 말은 암시적일 때가 많다. 단지 연상시키고 환기시킴으로써 사물들을 멀리하고 사라져버리게 한다. 바로 그러한 말이 침묵과 소리(신음, 울음, 노래)를 넘어선 진정한 의미의 말이자 갈등과 억압의 말을 뚫고 우리가 찾아야 할 잃어버린 어머니의 목소리이고 시의 목소리일 것이다.

3. '내'가 '나'를 굽어보고 있네

블랑쇼는 이렇게 일갈했다. 시를 파고들어가는 자는 죽는 자라고, 그리고 심연과 같은 자신의 죽음과 해후하는 자라고. 필자는 『시간이 지나간 시간』을 읽으면서 시란 시간과 어머니와 죽음과 침묵과 말과 내연의 관계에 있음을 새삼 확인하곤 했다. 시는 "죽을 줄 모르는 죽음"이, "시간이 지나간 시간"이 "가능할" 때에 씌어진다는 것, 죽음과 시간이 시인의 내면에서 힘이 되고 가능성이 될 때에야만 씌어진다는 것도 함께 말이다.

> 사라진 이름들이
> 침묵으로
> 한 글자 한 글자
> 자서전을 써서
> 길 위에 뿌린다
>
> 그 틈바귀에서
> 구멍 뺑뺑 뚫린 내 이름을
> 바스락거리며 줍는다
>
> ―「낙엽」 중에서

이번 시집의 마지막 시는 「낙엽」이다. 서시가 「단풍」이었던 것을 환기해본다면, 의도적인 배치다. 어머니 · 죽음 · 침묵 · 시에 대한 시인의 원환의 사유가 또다시 나뭇잎을 통해 형상화되고 있는 것이다. '죽을 줄 모르는 죽음' '시간이 지나간 시간'이 시적 대상으로 구체화된 것이 '나뭇잎 뒤'이다. 인용시의 중심 술어인, '침묵으로 부르다' '사라지다/죽다' '자서전을 쓰다' '내 이름을 줍다'는 행위를 통해 도달하는 곳이기도 하다. 시인이 시집 도처에서 "생의 바퀴를 흙에게 바치"(「흙에게」)고 "사랑을 방생하는 까닭"(「원시(遠視)」) 또한 여기에 있을 것이다. 「낙엽」을 비롯해 지금까지 인용한 시들에서도 쉽게 눈에 띄는 사실이지만, 그의 시에는 유난히 '나(내)'라는 튼실한 기둥이 많이 세워져 있다. 이처럼 철저하게 자기 자신을 굽어보고 있는 진술의 주체 '나'를 그렇게 세워두고자 하는 것은 불분명하고 모호하고 불투명하고 표현 불가능한 분화구 속의 침묵에 귀 기울이고자 하는 의지적 주체를 표현하기 위해서일 것이다.

이사라 시인의 시들은 여전히 꼿꼿하고 탱탱하다. 나는 매번 이전보다 더 좋은 시집을 내는 시인들이 한없이 부럽고 또 무섭다. 바위 절벽에 가파르게 집을 짓고 사는, 누르스름한 그믐에서 그믐으로, 허공에 집을 짓고, 허공 그 자체인 칼새에게서 '자서전'을 읽어내는 시인의 눈길이 한없이 매서운 것은 그의 시들이 날로 더 날카롭고 더 깊어지고 있기 때문이다. 시의 길을 찾아 허공으로 몸을 던지는 백척간두 진일보의 정신이 바로 그의 시의 미래일 것이다. 다음 시집이 벌써 기다려진다.

마음 스치고 간 칼날들이 그믐달로 뜬다

일생 땅에 집을 짓지 못하는 칼새의 짧은 다리, 긴 날개
허공에 알을 낳고 허공을 박차고 허공에서 낫을 갈고
허공만이 그의 허파였던

　　　　　　　　　　　　　　—「자서전을 읽는다」 전문

문학동네 시집 64

시간이 지나간 시간

ⓒ 이사라 2002

초판인쇄	2002년 6월 21일
초판발행	2002년 6월 28일

지 은 이	이사라
책임편집	김현정 조연주 장한맘 손미선
펴 낸 이	강병선
펴 낸 곳	(주)문학동네
출판등록	1993년 10월 22일 제22-188호

주 소	136-034 서울시 성북구 동소문동 4가 260번지 동소문빌딩 6층
전자우편	editor@munhak.com
전화번호	927-6790~5, 927-6751~2
팩 스	927-6753

ISBN 89-8281-536-8 02810

www.munhak.com